AF107412

www.ingramcontent.com/pod-product-compliance
Lightning Source LLC
LaVergne TN
LVHW010409070526
838199LV00065B/5924
* 9 7 8 9 3 6 9 0 8 3 0 7 7 *

بے زبان

(بچوں کی کہانیاں)

سید حیدرآبادی

© Taemeer Publications LLC

Be-Zabaan *(Kids Short Stories)*
by: Syed Hyderabadi
Edition: December '2024
Publisher :
Taemeer Publications LLC (Michigan, USA / Hyderabad, India)

ISBN 978-93-6908-307-7

مرتب یا ناشر کی پیشگی اجازت کے بغیر اس کتاب کا کوئی بھی حصہ کسی بھی شکل میں بشمول ویب سائٹ پر اَپ لوڈنگ کے لیے استعمال نہ کیا جائے۔ نیز اس کتاب پر کسی بھی قسم کے تنازع کو نمٹانے کا اختیار صرف حیدرآباد (تلنگانہ) کی عدلیہ کو ہو گا۔

©تعمیر پبلی کیشنز

کتاب	:	**بے زبان** (بچوں کی کہانیاں)
مرتب	:	**سید حیدرآبادی**
صنف	:	ادب اطفال
ناشر	:	تعمیر پبلی کیشنز (حیدرآباد، انڈیا)
سالِ اشاعت	:	۲۰۲۴ء
صفحات	:	۹۲
سرورق ڈیزائن	:	تعمیر ویب ڈیزائن

بے زبان (بچوں کی کہانیاں)   مرتب: سید حیدرآبادی

فہرست

(۱)	بے زبان	6
(۲)	اوئی چوہا	18
(۳)	کارمینٹا	26
(۴)	بادشاہ سلامت پھٹ گئے	39
(۵)	بھیا نے روزہ رکھا	50
(۶)	بھول بھلکڑ	55
(۷)	شاعر کا انعام	68
(۸)	کل کا گھوڑا	76

بے زبان

خالد جتنا ذہین اور عقل مند تھا ' اُتنا ہی شریر اور من چلا بھی تھا ۔ بچّے تو بچّے بڑے بھی اس کے مُنہ لگتے گھبراتے تھے ۔ محلّے والے اُسے "شیطان کا باپ" کہا کرتے اور کوئی اُسے پاس تک نہ پھٹکنے دیتا ۔ بچّوں اور بڑوں کو چھیڑتے چھیڑتے اُکتا جاتا تو غلیل لے کر کسی باغ میں نکل جاتا اور ننھّی ننھّی چڑیوں کو مار کر دِل بہلاتا ۔ کسی درخت پر کسی پرندے کا گھونسلا نظر آ جاتا تو جب تک اُسے توڑ پھوڑ کر پھینک نہ دیتا ' تب تک اُسے چین نہ آتا ۔ گھر میں چڑیاں یا کبُوتر گھونسلے بنا لیتے تو

بے چاروں کی شامت ہی آ جاتی ۔ کمہاروں کے گدھے تو اس کی صُورت دیکھتے ہی کانپ جاتے ۔ کوئی بدنصیب گدھا میاں خالد کے ہتھے چڑھ جاتا تو اس کی ایسی دُرگت بناتے کہ وہ ڈھینچوں ڈھینچوں کرکے سارا آسمان سر پر اُٹھا لیتا ۔ خالد کا خیال تھا کہ یہ بے زبان جانور اللہ میاں نے پیدا ہی اِس لیے کیے ہیں کہ ان سے جس طرح کا دل چاہے سلوک کیا جائے اور جیسا جی چاہے مارا پیٹا جائے ۔

ایک دِن میاں خالد سکول سے آئے تو طبیعت ذرا سُست تھی ۔ سوچنے لگے کِس طرح دِل بہلایا جائے ۔ چڑیوں کا شکار کرتے کرتے دِل بھر چُکا تھا اور پھر یہ کم بخت چڑیاں ہوشیار اِتنی ہو گئی تھیں کہ صُورت دیکھتے ہی پھُر سے اُڑ جاتیں ۔ پیڑوں پر پرندوں کے گھونسلے بھی ختم ہو چُکے تھے ۔

ٹہلتے ٹہلتے میدان میں پہنچے۔ سامنے ایک مریل سا گدھا گھاس چر رہا تھا۔ گدھے کو دیکھ کر کِھل کِھلا اُٹھے۔ چُپکے سے پاس پہنچے اور گردن پکڑ کر رسّی سے مُنہ خُوب جکڑ کر باندھ دیا۔ بے چارا گدھا اِتنا کمزور اور دُبلا پتلا تھا کہ چُپ چاپ کھڑا اپنی دُرگت بنواتا رہا۔ مُنہ باندھنے کے بعد آپ اُچک کر اُس کی پیٹھ پر چڑھ بیٹھے اور رسّی کھینچ کر بولے، "ہاں بیٹا چلو۔ ذرا کھیتوں کی سیر ہو جائے۔ بہت دنوں سے سواری کے لیے ترس رہے تھے۔ ٹخ ٹخ ٹخ۔"

گدھے نے دیکھا کہ بن چلے چُھٹکارا نہیں تو غریب آہستہ آہستہ چلنے لگا۔ مگر خالد کو اس کی سُست چال بڑی بُری معلوم ہُوئی۔ زور سے رسّی کھینچی اور لات مار کر بولا۔ "ہُوں! کم بخت! مُردوں کی سی چال چلتا ہے۔ ابے ذرا چال دِکھا چال۔ ہاں ایسے۔ اور تیز۔ اچھّا!

ٹھہر جا۔ ایسے نہیں مانے گا" یہ کہہ کر نیچے
اُترا اور ایک پیڑ سے موٹا سا ڈنڈا توڑ کر
جو گدھے پر پیلنا شروع کیا ہے تو میاں
گدھے چیں بول گئے۔ ایک تو بے چارا
ویسے ہی اَدھ مؤا ہو رہا تھا۔ ڈنڈے کھا کر
اور بھی بے حال ہو گیا۔ جیسے تیسے ہو سکا
بھاگا۔ ٹانگیں لڑکھڑا رہی تھیں۔ زخمی پیٹھ
پر میاں خالد جمے بیٹھے تھے۔ تکلیف کے
مارے بلبلا اُٹھا اور زور زور سے چیخنے لگا۔

خالد بولا۔" ہُوں تو اب بہانے ہو رہے ہیں؟ ٹھہر جا نامعقُول ۔ اگر مارتے مارتے چمگادڑ نہ بنا دیا تو میرا نام خالد نہیں "۔ یہ کہہ کر سڑاک سڑاک دس پندرہ ڈنڈے اُس کے مُنہ پر جما دِیے ۔ لیکن گدھا ٹس سے مس نہ ہُوا۔ کھڑا کھڑا مار کھاتا رہا ۔ اُس کی آنکھوں سے آنسُو بہ رہے تھے اور بدن کانپ رہا تھا۔ ایک دفعہ تو اُس نے خالد کی طرف ایسی نظروں سے دیکھا جیسے کہہ رہا ہو۔" تو کِس قدر پتّھر دِل اور ظالم ہے ۔ مرتے کو مارنا کہاں کی اِنسانیت ہے ؟ خُدا کے لِیے میرے اُوپر رحم کر اور مجُھے چھوڑ دے "۔

مگر خالد رحم کے معنی بھی نہیں جانتا تھا۔ جانور ہوتے ہی اِسی لِیے ہیں کہ اِنھیں مار مار کر خوُب دِل کی بھڑاس نکالی جائے ۔ غُصّے سے بولا۔" دیکھ بے سِیدھی طرح چلتا ہے تو چل ۔ ورنہ مارتے مارتے حُلیہ بگاڑ دُوں گا۔

لوگ سچ کہتے ہیں کہ گدھے کی ذات بڑی بے وقوف اور ذلیل ہوتی ہے۔ یہ ڈنڈوں سے ہی مانتی ہے۔"

گدھے نے گردن پھیر کر اُسے دیکھا اور بولا "گدھا میں نہیں۔ تم ہو۔"

گدھے کو بولتا دیکھ کر خالد بھونچکا رہ گیا۔ آج تک اُس نے کسی جانور کو ایسی صاف اُردو بولتے نہیں سُنا تھا۔ گھبرا کر نیچے اُتر آیا اور ہکلا کر بولا۔ "تُو تو بولتا بھی ہے۔"

گدھے نے آہستہ سے سر ہلایا اور ٹھنڈی سانس بھر کر بولا۔ "کیا کروں پھر؟ بولنا ہی پڑا۔ میں بُوڑھا کمزور، بیمار جانور۔ چلنے کی مُجھ میں سکت نہیں۔ مالک نے گھر سے نکال دیا۔ اور اب آپ بجائے اِس کے کہ میرے اُوپر ترس کھائیں۔ اُلٹا ظُلم کر رہے ہیں۔ کاش! آپ بھی میری طرح جانور ہوتے۔ پھر آپ کو پتا چلتا کہ ہم بے زبانوں میں بھی

جان ہوتی ہے اور ہم بھی دُکھ درد اسی طرح محسوس کرتے ہیں۔ جس طرح اِنسان۔" یہ کہہ کر گدھا ایک طرف کو لڑکھڑاتا ہُوا چلا گیا اور میاں خالد سر کھُجاتے ہی رہ گئے۔

"بدتمیز۔ نامعقول۔" خالد چلتے چلتے بُڑبُڑاکر بولا۔ "اب کے تو یہ مجھے چکمہ دے گیا۔ خیر پھر بھی تو بچّہ کبھی پھنسے گا۔ ساری کسر نکال لُوں گا۔ حیرت ہے کہ اِس گدھے کے بچّے نے اُردو بولنی کہاں سے سِیکھی۔ تعجّب!"

سامنے سے شرفُو کمہار بڑا سا ڈنڈا پکڑے لپکتا جھپکتا آ رہا تھا۔ جب وہ خالد کے قریب پہنچا تو پانچ سات ڈنڈے اُس کے جما دِیے اور غُصّے سے بولا: "کام چور، نمک حرام۔ کام سے چھُپا چھُپا پھرتا ہے۔ رسّی تڑا کر بھاگ آیا۔ برتن تیرا باپ بازار لے کر جائے گا۔ چل تو گھر ایسی مرمّت کروں گا

کہ عمر بھر یاد رکھے۔

خالد کو بڑا غصّہ آیا۔ یہ گنوار اور اُسے مارے؟ آئیں جانتا نہیں کہ اُس کے باپ تھانیدار ہیں۔ پیٹھ سہلا کر بولا۔" نالائق! تیری اِتنی جرأت کہ تُو میرے اُوپر ہاتھ اُٹھائے۔ ابّا سے کہہ کر حوالات کرا دُوں گا۔ تُو نے مجھے گدھا سمجھ رکھا ہے، جو میں برتن لے کر بازار جاؤں"۔

شرفُو نے لال لال دِیدے دِکھائے اور خالد کے مُنہ پر ڈنڈا مار کر بولا۔" اب کھڑا ڈھینچوں ڈھینچوں کر رہا ہے۔ کھانے کو شیر اور کام کو بھیڑ۔ چل مُردار" اُس نے لپک کر خالد کا کان پکڑ لیا اور کھینچتا ہُوا گھر لے گیا۔ خالد کی سمجھ میں نہ آتا تھا کہ معاملہ کیا ہے۔ کیا شرفُو پاگل ہو گیا ہے یا وہ ہی خواب دیکھ رہا ہے۔ وہ جتنا اُس کے قبضے سے نکلنے کی کوشش کرتا اُتنے ہی شرفُو

اُس کی پیٹھ پر ڈنڈے مارتا ۔ پٹتے پٹتے خالد کی پیٹھ لہو لہان ہو گئی اور اُسے غش سا آنے لگا ۔

گھر لے جا کر شرفو نے اُس کی پیٹھ پر ایک بورا رکھ دیا اور اُس میں بہت سے برتن بھر دیے ۔ اُف اِتنا بوجھ! اُس کی ٹانگیں لڑکھڑا گئیں اور وہ دھڑام سے زمین پر گر پڑا ۔ شرفو نے پندرہ بیس ڈنڈے اور رسید کیے اور اُٹھا کر کھڑا کر دیا ۔ خالد کی نظروں کے سامنے تارے سے ناچنے لگے اور وہ چیخیں مار مار کر رونے لگا ۔ " اے خُدا! کیا میں سچ مچ گدھا بن گیا ہوں ۔ یہ تو نے کیا کر دیا پروردگار؟" برتن لا د کر شرفو نے پیچھے سے ایک ڈنڈا مارا اور ڈانٹ کر بولا " چل اب سیدھی طرح "

وہ روتا دھوتا قسمت کو کوستا چلا جا رہا تھا ۔ پیٹھ پر من بھر بوجھ لدا تھا ۔ اگر

ذرا بھی کسمساتا یا رُکنے کا ارادہ کرتا تو شرفوُ ایسی بے دردی سے مارتا کہ نانی یاد آ جاتی ۔

چلتے چلتے وہ ایک برتنوں کی دُکان پر پہنچے ۔ شرفوُ ٹھہر گیا اور دُکان دار سے مول تول کرنے لگا ۔ سودا ہو چُکنے کے بعد اُس نے پیسے لیے اور برتن خالد کی پیٹھ سے اُتار کر دُکان میں رکھ کر بولا ۔" میں ذرا سامنے والی مسجد میں پانی پی آؤں ۔ تُم میرے گدھے کو دیکھتے رہنا ۔ کہیں بھاگ نہ جائے "۔ یہ کہہ کر وہ مسجد کی طرف چلا ۔ خالد نے سوچا ۔ ایسا موقع پھر ہاتھ نہیں آنے کا ۔ خیر چاہتے ہو تو بھاگ نکلو ۔

اُس نے جھٹکا دے کر بورا نیچے پھینک دیا اور بے تحاشہ بھاگنے لگا ۔ بھاگم بھاگ ۔ بھاگم بھاگ چلا جا رہا تھا ۔ سرپٹ ۔ اندھا دُھند ۔ پیچھے شرفوُ ڈنڈا گھماتا آ رہا تھا ۔" پکڑنا

پکڑنا۔ یہ میرا گدھا ہے۔ پکڑنا۔" بائیں طرف موڑ تھا اور اُس کے کنارے پر بجلی کا کھمبا۔ خالد جلدی سے جو مُڑا تو اُس کا سر بڑی زور سے کھمبے سے ٹکرایا اور —— وہ ہڑ بڑا کر اُٹھ بیٹھا۔ امّی جان سرہانے کھڑی کہہ رہی تھیں: "شاباش بیٹا! صد رحمت۔ آج تو تو مُردوں سے شرط باندھ کر سویا تھا۔ نو بج رہے ہیں اور تُو ابھی تک سویا پڑا ہے۔"

خالد نے آنکھیں جھپک کر امّی جان کو دیکھا اور پھر اپنے آپ کو "ارے تو کیا میں خواب دیکھ رہا تھا؟" لاحول پڑھ کر اُٹھ بیٹھا۔ مگر شرفو کے ڈنڈے کا خوف ابھی تک اُس کے دِل پر بیٹھا ہُوا تھا۔ کمرے سے نِکل کر باہر آیا۔ اُس کا چھوٹا بھائی نقی ڈنڈا لیے ایک مُرغی کے پیچھے دَوڑ رہا تھا اور مُرغی اُس سے بچنے کے لِیے اِدھر اُدھر بھاگ رہی تھی۔ خالد ڈانٹ کر بولا: "یہ کیا کر رہے ہو نقی؟ شرم نہیں آتی،

بے زبانوں کو تنگ کرتے؟ اور جو میں تمھیں اس طرح پریشان کروں تو؟
اُس دن سے میاں خالد بڑے رحم دل اور خدا ترس ہو گئے ہیں۔ کسی جانور کو تکلیف نہیں پہنچاتے۔ کبھی وہ کسی شخص کو کسی جانور کو مارتا دیکھ لیتے ہیں تو چیخ کر کہتے ہیں۔ "ارے ظالم! غریب بے کس جانور کو کیوں مارتا ہے۔ خدا سے ڈر۔ اگر تُو بھی اس کی طرح بے بس اور مجبور ہوتا۔ تب تجھے عافیت معلوم ہوتی۔"
اب میاں خالد ننّھے ننّھے پرندوں کو مارنے کی بجائے اُنھیں دانہ دُنکا کھلاتے ہیں۔ اگر کسی فاختہ یا چڑیا کے گھونسلے سے کوئی انڈا یا بچّہ گر پڑتا ہے تو پیڑ پر چڑھ کر اُسے گھونسلے میں رکھ دیتے ہیں۔
لوگ حیران ہیں کہ خالد میں ایسی تبدیلی کیسے ہو گئی۔ اُنھیں کیا پتا کہ یہ سب کچھ شرفو کے ڈنڈے کی کرامت ہے۔

اُوئی چُوہا!

مسٹر چُوہے خاں روز لوگوں سے بھری ہُوئی بس کو سڑک پر فرّاٹے بھرتے دیکھتے۔ اِن کا بھی جی چاہتا کہ وہ بس کی سیر کریں۔ لیکن چھوٹے پاؤں ہونے کی وجہ سے اِتنی لمبی چھلانگ نہ لگا سکتے تھے کہ پائیدان پر جا چڑھیں۔

سردیوں کے دِن تھے۔ چُوہے خاں سڑک پر بیٹھے دُھوپ سینک رہے تھے اور بس میں سیر کرنے کے خواب دیکھ رہے تھے کہ بس کھڑی ہونے کی جگہ پر ایک عورت اور مرد آن کر کھڑے ہُوئے۔ عورت نے لمبا کوٹ پہن رکھّا تھا۔ چُوہے خان کے ذہن

میں جھٹ ایک ترکیب آگئی۔ عورت کے پیچھے پہنچ کر آہستہ سے اُس کے کوٹ پر چڑھنے لگے۔ عورت مرد باتوں میں اِس قدر محو تھے کہ اُن کو چوہے خاں کی کارگزاری کا علم نہ ہُوا اور چوہے خاں بڑے اطمینان سے کوٹ کی جیب میں بیٹھ گئے۔

اِتنے میں بس آگئی اور دونوں اس میں سوار ہو گئے۔ چوہے خاں بھی ان کے ساتھ بس کے اندر پہنچ گئے۔

ڈرائیور نے کہا۔ "اپنا کرایہ اِس صندوقچی میں ڈال دیں۔"

چُوہے خاں نے دیکھا کہ پہلے مرد نے اور پھر عورت نے کچھ نقدی صندوقچی میں ڈال دی۔ چوہے خاں سوچنے لگے کہ یہ کرایہ کیا بلا ہے۔ جب عورت نشِست پر بیٹھی تو وہ جیب سے نکل کر باہر آ گئے۔

اب چوہے خاں نے سوچا کہ شریفانہ طریقہ تو یہی ہے کہ میں ڈرائیور سے کہہ دوں کہ میں پہلی بار بس پر چڑھا ہُوں۔ میں نہیں جانتا تھا کہ اس کا کرایہ بھی دینا پڑتا ہے۔ اگر میں جانتا تو تھوڑی بہت رقم جیب میں ضرور لاتا۔

وہ ڈرائیور کے پاؤں کے پاس جا کھڑے ہُوئے اور کئی دفعہ کوشش کی کہ ڈرائیور سے کچھ کہیں۔ اُنھوں نے ڈرائیور کو اپنی طرف مُتوجّہ بھی کیا۔ لیکن ڈرائیور بس کو چلاتا رہا۔ اور چُوہے خاں کی طرف بالکل توجّہ نہ کی۔

چوہے خان نے سوچا یہ تو سنتا ہی نہیں۔ کیوں نہ اس کی ٹانگوں پر چڑھ کر گھٹنے پر چلا جاؤں پھر تو میری بات سنے گا۔

جب چوہے خاں نے اس تجویز پر عمل کیا تو ڈرائیور نے اُن کو اُلٹے ہاتھ سے اِس طرح اُچھالا کہ وہ ایک موٹی عورت پر جا کر پڑے۔ وہ ایک دم چلّائی "اُوئی چوہا اور کھڑی ہو کر ناچنے لگی۔ چوہے خاں جھٹ بھاگ کر نشستوں کے نیچے جا چھپے۔ لیکن عورتوں میں بھاگڑ مچ گئی۔ ڈرائیور نے گاڑی کھڑی کر لی۔ "کیا ہے؟"

تمام عورتیں بول اُٹھیں "چوہا"

اب سب لوگ چوہے خاں کی تلاش کرنے لگے۔ مگر وہ ایسی جگہ چھپے بیٹھے تھے کہ اُن پر کسی کی نظر نہ پڑ سکتی تھی۔ جب سب لوگ بیٹھ گئے تو چوہے خاں نے اطمینان کا سانس لیا اور دل میں کہنے لگے۔ چوہوں کو بس میں

سفر نہ کرنا چاہیے۔ ڈرائیور نے بس چلا دی۔ اب چُوہے خاں درازوں سے جھانک جھانک کر باہر دیکھنے لگے مگر کِسی چیز کو اچھّی طرح نہ دیکھ سکے۔ اُنھوں نے نشستوں کے نیچے چل پھر کر بہت ڈُھونڈا کہ کوئی ایسا راستا مل جائے جس سے باہر کا نظّارہ کر سکیں۔ لیکن کامیابی نہ ہوئی۔ دل میں سوچنے لگے۔ یہ تو بڑی بُری رہی۔ صِرف مُسافروں کے پاؤں نظر آتے ہیں۔ اِتنے میں چُوہے خاں نے ایک چمکیلی سلاخ دیکھی جو بس کے اندر چھت تک لگی ہوئی تھی۔ دل میں کہنے لگے۔ یہ ٹھیک رہے گی۔ اِس کے سہارے میں چھت پر چڑھ جاؤں گا۔ چُنانچہ وہ چھت پر چڑھ گئے۔

چھت پر بیٹھ کر چُوہے خاں کو باہر کی ہر چیز دِکھائی دینے لگی۔ دفعتہً بس ایک موڑ پر مُڑی۔ جس سے دھچکا لگا۔ چُوہے خاں خُود کو لڑھکنے سے نہ بچا سکے اور گھنٹی کی زنجیر پر

آ رہے ۔ وہ نہیں جانتے تھے کہ یہ گھنٹی کی زنجیر ہے ۔ کیونکہ پہلی ہی دفعہ بس پر سوار ہُوئے تھے ۔

گھنٹی بجنی شروع ہُوئی اور بجتی ہی چلی گئی۔ ڈرائیور نے خیال کیا۔ کوئی مُسافر اُترنا چاہتا ہے ۔ اگلے موڑ پر بس کھڑی کر دی گئی۔ اور چُوہے خاں اُچھل کر پہلی جگہ پر جا بیٹھے ۔ گھنٹی بجنی بند ہو گئی ۔ جب کوئی نہ اُترا تو ڈرائیور نے پھر موٹر چلا دی ۔ لیکن وہ دھچکے سے چلی ..... چُوہے خاں پھر گھنٹی کی زنجیر پر آ رہے اور ٹن ٹن کر کے گھنٹی پھر بجنے لگی ۔

چُوہے خاں نے سوچا۔ شاید ڈرائیور مجھے پریشان کرنے کے لیے بار بار گھنٹی بجا رہا ہے ۔

ڈرائیور نے اگلے موڑ پر پھر گاڑی کھڑی کر دی ۔ چُوہے خاں زنجیر سے چھلانگ لگا کر

پھر سلاخ پر چڑھ گئے۔ گھنٹی بجنی بند ہو گئی۔ جب کوئی نہ اُترا تو ڈرائیور نے بس چلا دی۔

اب چُوہے خاں کے کان کے پیچھے خارش سی ہُوئی اور اُنھوں نے کھجانے کے لیے اپنا اگلا پاؤں اُٹھایا۔ لیکن خُود کو سنبھال نہ سکے اور ایک بار پھر زنجیر پر گر پڑے۔ گھنٹی بجنے لگی۔ چُوہے خاں نے خیال کیا "یہ بھی عجیب بس ہے"۔ ڈرائیور نے پھر موڑ پر بس روکی۔ لیکن کوئی نہ اُترا۔ چُوہے خاں دِل میں کہنے لگے۔ بڑی سُست رفتار بس ہے۔ اِس سے زیادہ تیز تو میں پیدل چل سکتا ہُوں۔ اگلے موڑ پر اُتر جاؤں گا۔

چُنانچہ جب ڈرائیور نے اگلے موڑ پر بس روکی تو وہ چمکتی ہُوئی سلاخ سے نیچے اُتر آئے اور پچھلے دروازے سے چھلانگ لگا کر باہر نکل گئے۔

نیچے اُتر کر چوہے خاں نے ڈرائیور کا شکریہ ادا کیا کہ اُس نے اُسے مُفت میں بس کی سیر کرا دی۔ لیکن ڈرائیور نے کچھ بھی نہ سُنا۔ اور بس چل پڑی۔

کارمینٹا

یہ کہانی تبت کی برفستانی سرزمین سے تعلق رکھتی ہے۔

ہون شون نامی گاؤں سے کچھ فاصلے پر ایک پہاڑ کے دامن میں ٹھنڈے اور میٹھے پانی کا ایک چشمہ بہتا تھا جس سے گاؤں کے لوگ اور اِدھر اُدھر کے بھولے بھٹکے مُسافر اپنی پیاس بُجھاتے تھے۔ کارمینٹا جو ایک بھولی بھالی اور خُوب صُورت لڑکی تھی، روزانہ سہ پہر کے وقت کُولھے پر چھاگل دھرے سخت اور نوکیلے پتھروں سے بچتی بچاتی پانی بھرنے آتی۔ اُس کے ماں باپ بچپن ہی میں مر گئے تھے۔ صِرف ایک بُڑھیا

چچی تھی، جس نے اُسے پال پوس کر بڑا کیا تھا۔

جب تک کارمینٹا کے باپ کا چھوڑا ہُوا رُوپیہ رہا۔ تب تک تو بُڑھیا کارمینٹا سے اچھا برتاؤ کرتی رہی اور جب وہ رُوپیہ ختم ہو گیا تو بُڑھیا کے برتاؤ میں بھی فرق آگیا۔ وہ معصُوم لڑکی سے طرح طرح کی محنت و مشقت کرانے لگی روزانہ صُبح کو کارمینٹا بُڑھیا کے ساتھ باغ جاتی اور وہاں سے پھلوں سے بھری ہوئی بھاری بھاری ٹوکریاں اپنے سر پر رکھ کر بازار لے جاتی۔ بازار سے آکر گھر کی صفائی کرتی اور اس سے فارغ ہو کر چشمے سے پانی لینے چلی جاتی۔ لیکن وہ اس پر بھی خُوش تھی۔ کیونکہ اس کا چچازاد بھائی کیلاس اس سے غیر معمُولی محبّت اور شفقت سے پیش آتا۔ اکثر ایسا ہوتا کہ جب اُس کی بے درد چچی اُسے کوئی ایسا کام دے

دیتی، جو اُس کی طاقت سے باہر ہوتا تو کیلاس خود کر دیتا اور بھولی کارمینٹا اُس کو شکریہ بھری نظروں سے دیکھ کر رہ جاتی۔

کارمینٹا کو خُدا نے من موہنی صُورت کے علاوہ کویل کی سی سُریلی اور مِیٹھی آواز بخشی تھی، جس میں دن رات کی مِصیبتوں نے ایک درد سا پَیدا کر دیا تھا۔ گاؤں کے میلوں ٹھیلوں میں جب گاؤں کی لڑکیوں کے ساتھ وہ رنگ برنگے کپڑے پہن کر ناچتی تو دیکھنے والوں کو یُوں محسُوس ہوتا جیسے صاف اور شفّاف پانی پر کوئی کنّول تیر رہا ہو یا ہرے بھرے سبزے پر نسیمِ صُبح اٹکھیلیاں کر رہی ہو۔

موسِم بہار کی آمد تھی۔ تمام گاؤں والے "جشنِ بہار" منانے کی تیّاریاں کر رہے تھے۔ گلی کُوچوں کو دُلھن کی طرح

سجایا جا رہا تھا۔ اِسی خُوشی میں ایک میلہ بھی لگتا تھا، جس میں گاؤں کی ننّھی ننّھی لڑکیاں بہار کے دیوتا کے سامنے ناچتی تھیں۔ مگر کارمینٹا کا دِل اُداس تھا۔ اُسے صُبح ہی سے چچی نے اِتنا کام دے دِیا تھا، جو رات گئے تک بھی ختم نہ ہوتا۔ غریب لڑکی نے حسرت بھری نظروں سے اپنی بے درد چچی کی طرف دیکھا اور بے بس ہو کر سر جُھکا لیا۔ اُس کے دِل میں بھی میلے میں شریک ہونے کی تمنّا تھی۔ کاش! وہ میلے جا سکتی۔ کاش! وہ گاؤں کی لڑکیوں کے ساتھ رنگ برنگے کپڑے پہن کر ہری ہری گھاس پر ناچ سکتی۔ مگر اُسے کام جو کرنا تھا۔ سارے گھر کا کام۔ اور پھر۔ ہاں! وہ آج چشمے سے پانی بھی تو نہیں لائی تھی۔ وہ سوچنے لگی کل شام کو کیلاس نے کہا تھا۔ "ننّھی بہن! میں صُبح ہی سے چلا جاؤں گا۔ کیونکہ مجھے

گلی بازار سجاتے ہیں۔ میں تم سے سہ پہر کو اُدھر — پپیتے کے پیڑوں کے پاس ملوں گا۔ پھر ہم دونوں میلے کی سیر کریں گے۔ آہا! تم ناچو گی اور میں دَف بجاؤں گا۔"
وہ چیخ اُٹھی۔" کیلاس بھیّا! مجھے لے جاؤ۔"
"کام چور لڑکی!" یکایک بُڑھیا کی ڈراؤنی آواز آئی۔" میلے میں جائے گی؟ اور کام کون کرے گا تیرا باپ؟" کارمینٹا نے ڈرتے ڈرتے بڑھیا کے جُھرّی دار چہرے کو دیکھا اور ہاتھ جوڑ کر بولی۔"چچی جان! خُدا کے لیے مجھے میلے میں جانے دو۔ میری سہیلیاں میری راہ تک رہی ہوں گی۔ میں ان کے ساتھ گاؤں گی۔ ناچوں گی اور موسمِ بہار کے دیوتا کے چرنوں میں پھول نچھاور کروں گی۔ آج میرا کام تم کر لو۔ آج چشمے سے پانی تم لے آؤ۔ میں میں —"
"ہاہا ہاہا" بڑھیا نے چڑیل کی طرح قہقہہ

لگایا "تو میلے میں ناچے اور میں تیرا کام کروں کیوں؟ چل اُٹھ چشمے سے پانی لے کر آ۔ گھر میں ایک بوند تک نہیں۔ سنا نہیں؟ وہ اُٹھی۔ چھاگل اُٹھائی اور چشمے کی طرف چل دی۔ آہستہ آہستہ۔ ہولے ہولے لڑکھڑاتی قدم قدم پر اپنی بے کسی پر آنسو بہاتی سوچتی جاتی تھی۔ "کیلاس میری راہ دیکھ رہا ہو گا۔ گاؤں کی لڑکیاں بہار کے دیوتا کے سامنے ناچ رہی ہوں گی اور میں......"

اُس کی آنکھیں ڈبڈبا آئیں۔ گالوں پر آنسو بہنے لگے۔ جیسے گُلاب کی پنکھڑیوں پر شبنم کے قطرے۔ چشمے پر پہنچ کر اُس نے چھاگل ایک طرف رکھ دی اور دونوں ہاتھوں سے سر تھام کر ایک پتھر پر بیٹھ گئی۔ پہاڑ کے دامن سے چشمہ رواں تھا۔ پانی کی شرر شرر کی آواز ایسی معلوم ہوتی تھی، جیسے وہ بھی اس کی بے کسی پر قہقہے لگا

رہا ہو۔ اُس نے گھبرا کر اُوپر نظر اُٹھائی۔ اُونچا بہت اُونچا پہاڑ کھڑا اسے گھور گھور کر دیکھ رہا تھا۔ "یہ پہاڑ......" اُس نے سوچا۔ "کتنا بھیانک ہے! گاؤں والے کہتے ہیں کہ مندر کے پجاریوں کی رُوحیں اس میں رہتی ہیں۔ اُف....." اُس نے خوف کی وجہ سے آنکھیں بند کر لیں۔ شام ہو گئی۔ ہر طرف سنّاٹا چھا گیا۔ اور آسمان پر سُورج کی جگہ ستاروں کا راج ہو گیا۔ کارمینٹا نے اپنی ننھّی مُنّی ٹانگیں چشمے میں ڈال دیں اور کھُردرے پتھّر پر لیٹ کر پانی سے کھیلنے لگی۔ چھپ۔ چھپ۔ چھپ۔

چشمے کے کنارے کارمینٹا پتھّر پر لیٹی ہوئی پانی سے کھیل رہی تھی۔ چودھویں رات کا چاند آسمان پر چمک رہا تھا کہ یکایک اُسے پانی میں سے ایک سایہ نکلتا ہُوا دکھائی دیا۔ وہ گھبرا کر اُٹھ بیٹھی۔ سایہ قریب آتا گیا۔ قریب

اور قریب ۔ یہاں تک کہ اُس کے بالکل پاس آ کر کھڑا ہو گیا۔

چاند کی روشنی میں کارمینٹا نے خُوب آنکھیں پھاڑ کر دیکھا۔ ایک عورت تھی۔ سُرخ و سفید، نیلی نیلی آنکھوں والی۔ "تُم تُم؟ ـــ اے خُدا ـــ" وہ ڈر گئی۔ عورت بڑے پیار سے بولی۔ "ڈرو نہیں ننھّی بچّی! میں کوئی بھُوت چڑیل نہیں۔ ایک شریف مُصیبت زدہ عورت کی رُوح ہُوں۔ پیاری بچّی! تُم میری کچھ مدد کر سکتی ہو؟"

کارمینٹا کو اپنے حلق میں کچھ چیز اٹکتی ہوئی معلُوم دی۔ زبان گنگ ہو گئی۔ لڑکھڑاتی ہوئی زبان سے بولی "میں ـــ میں تمھاری کس طرح مدد کر سکتی ہُوں؟"

عورت بولی۔ "میرے ساتھ آؤ۔ میں تمھیں بتاتی ہُوں۔"

کارمینٹا اُٹھی اور بے سوچے سمجھے اُس کے

ساتھ ہو لی۔ پہاڑ کے دامن میں پہنچ کر عورت نے کسی پتّھر کو حرکت دی۔ دروازہ کھُل گیا۔ "آنکھیں بند کر لو پیاری بچّی اور میرے پیچھے پیچھے چلی آؤ۔" عورت نے کہا۔ کارمینٹا نے ایسا ہی کیا۔ تھوڑی دُور جا کر عورت بولی۔ "اب کھول دو۔"

اور کارمینٹا نے آنکھیں کھول کر دیکھا کہ وہ ایک بہت بڑے غار میں کھڑی ہے جو روشنی میں جگمگا رہا ہے۔ مگر لاکھ کوشش کرنے پر بھی وہ یہ معلوم نہ کر سکی کہ یہ روشنی کہاں سے آ رہی ہے۔

"بیٹھ جاؤ کارمینٹا!" عورت نے پیار سے کہا۔ "اور میری باتیں غور سے سُنو۔ آج سے دو سو برس پہلے اِس گاؤں کے مندر کا ایک پُجاری تھا ہُون۔ میں اُس کی بیٹی ہُوں۔ زارا میرا نام ہے۔ میں مندر ہی میں پلی بڑھی اور وہیں پروان چڑھی۔ ایک دِن

ہمارے گاؤں میں ایک بڑا کڑیل اور گبرو جوان آیا اور وہیں رہ پڑا۔ کچھ دِنوں بعد ہم دونوں نے شادی کر لی۔ میرے باپ کو معلوم ہُوا تو وہ سخت برہم ہُوا۔ اُس نے نہ صِرف مجھے عاق ہی کیا بلکہ بڑی خوف ناک بد دُعا بھی دی۔ وہ ہاتھ اُٹھا کر بولا:" زارا میں تجھے بد دُعا دیتا ہُوں کہ مرنے کے بعد تیری رُوح کو کبھی چین نصیب نہ ہو۔ اور یہی ہُوا۔ دو سو سال سے میں سخت عذاب میں گرفتار ہُوں۔ بڑی گریہ و زاری اور توبہ کی۔ مگر کچھ نہ ہُوا۔ آخر کل میرے پاس یہ حُکم پہنچا ہے کہ اگر کوئی کم سِن اور معصُوم لڑکی تیری پیشانی کو چُومے تو تیری نجات ہو سکتی ہے۔ کارمینٹا! کیا تُم ایسا سکتی ہو؟" کارمینٹا بولی۔" ہاں آں......"

اور یہ کہہ کر مُنہ آگے بڑھایا۔ عورت ہنس کر بولی۔" ذرا ٹھہرو اور اِتنا سمجھ لو

کہ جب تُم میری پیشانی پر بوسہ دینے لگوگی تو اِس غار میں بڑی خوف ناک صُورتیں نمُودار ہوں گی اور وہ تمھیں یہاں سے ڈرا دھمکا کر بھگانے کی کوشش کریں گی۔ پیاری بچّی! تمُ ڈروگی تو نہیں؟" کارمینٹا بولی۔" میں اپنی چچی کے ڈنڈے سے نہیں ڈرتی تو اُن سے کیا ڈرُوں گی؟" عورت بولی۔" اچھا تو لو......" اُس نے اپنی پیشانی آگے بڑھائی اور جُونہی کارمینٹا اسے چُومنے کے لیے جُھکی، ایک بڑے زور کا دھماکا ہُوا۔ وہ اُچھل پڑی اور خوفزدہ نظروں سے اِدھر اُدھر دیکھنے لگی۔ آن کی آن میں سارا غار بھُوت پریتوں سے بھر گیا اور بڑی بڑی خوف ناک شکلیں اِس کے گرداگرد ناچنے لگیں۔ قریب تھا کہ کارمینٹا چیخ مار کر بے ہوش ہو جائے کہ عورت نے اسے جھنجھوڑ کر کہا۔ کارمینٹا! ہوش میں آؤ۔ یہ وقت ہمّت اور بہادری کا ہے۔ بڑھو اور

میرا ماتھا چوم لو۔" کارمینٹا نے آنکھیں بھینچ لیں۔ کس کے۔ اور عورت کی پیشانی چوم لی۔ دھڑام سے ایک اور دھماکا ہوا اور کارمینٹا بے ہوش ہو کر گر پڑی۔

آنکھ کھلی تو وہی چشمہ تھا اور وہی پہاڑ۔ آسمان پر سورج چمک رہا تھا اور وہ پانی میں پیر ڈالے پتھر پر لیٹی ہوئی تھی۔ "کارمینٹا! کارمینٹا!!" کسی نے اُسے اُٹھاتے ہوئے کہا اور کارمینٹا نے اُٹھ کر دیکھا کہ کیلاس پاس بیٹھا ہوا اسے حیران و پریشان نظروں سے دیکھ رہا ہے۔ وہ جلدی جلدی بولا: "تو کہاں تھی پگلی؟ تمام رات میں تجھے ڈھونڈتا پھرا۔ میلے میں۔ پپیتے کے پیڑوں کے پاس اور یہاں چشمے پر۔ مگر ——" "اوہ کیلاس!" وہ خوشی سے ناچ کر بولی۔ "میں بہت دُور گئی تھی۔ بہت دُور ایک عورت کے ساتھ۔ اچھا چلو تو۔ گھر چل کر سناؤں گی سب کچھ۔ ارے! یہ کیا؟"

وہ پاس پڑی ہوئی ایک گٹھری کو دیکھ کر چونک پڑی۔ کیلاس گٹھری کھول کر بولا:
"ارے اس میں تو ہیرے جواہرات بھرے پڑے ہیں اور سونا بھی۔ یہ کہاں سے لے آئی پگلی تو؟" کارمینٹا بولی۔" تم چلو تو میرے ساتھ گھر وہیں بتاؤں گی۔" کیلاس نے گٹھری اٹھا لی اور کارمینٹا کا ہاتھ پکڑے گھر آگیا۔
دِن ہنسی خوشی گزرتے گئے۔ یہاں تک کہ دونوں جوان ہو گئے۔ دونوں کی شادی ہوگئی اور وہ سُکھ چین سے زندگی بسر کرنے لگے۔

بادشاہ سلامت پھٹ گئے

اُلٹا نگر کے بادشاہ سلامت جب اینڈتے اکڑتے دربار میں داخل ہُوئے تو نقیب نے کڑک کر کہا — "با ادب، با مُلاحظہ ہوشیار۔ شہنشاہِ مُعظّم۔ اعلیٰ حضرت فرماں روائے اُلٹا نگر تشریف لاتے ......" اور پکارنے والا ابھی پُوری بات بھی نہ کہنے پایا تھا کہ بادشاہ سلامت دھڑام سے وزیرِ اعظم کے قدموں میں گر پڑے۔ وزیرِ اعظم نے چار پانچ سپاہیوں کی مدد سے حضُور کو بڑی دِقّت سے اُٹھایا۔ آپ ہانپتے ہُوئے اُٹھے اور ڈانٹ کر بولے "یہ کون بدتمیز ہمارے سامنے گر پڑا؟" وزیرِ اعظم سر کھُجا کر بولے "میرے خیال میں تو حضُور

خُود ہی گر پڑے تھے ۔ اَر ۔ معاف "

"کون ہم ؟ یعنی ما بدولت ؟ " چیخ کر بولے۔ ٹھہر جا ! تجھے اِس گستاخی کا ہم ابھی مزا چکھاتے ہیں ۔ کوئی ہے ؟ دو سپاہیوں نے آکر سلیوٹ لگائی ۔ لے جاؤ اسے ۔ بادشاہ سلامت نے سپاہیوں کو حُکم دِیا ۔" اور اِس کی ناک میں بھُس بھر دو " سپاہیوں نے کچھ دیر کی تو آپ نے اُچھل کر فرمایا۔ "میں کہتا ہُوں ۔ لے جاؤ " اور پھر دھڑام سے نیچے گر پڑے ۔

اصل میں بات یہ تھی کہ اُلٹا نگر کے بادشاہ سلامت اِتنے موٹے تھے کہ بس بہت ہی موٹے تھے ۔ ایک تو بے تحاشا مُٹاپا ' اور دُوسرے آپ کی داہنی ٹانگ بائیں ٹانگ سے کچھ چھوٹی تھی اِس لیے بادشاہ سلامت کو ذرا سی بھی ٹھوکر لگتی تو آپ بھد سے نیچے گر پڑتے اور فٹ بال کی طرح زمین پر لُڑھکتے

پھرتے۔ اس وقت آپ کے سامنے کسی کا آجانا غضب ہی ہو جاتا۔ گرتے کا سارا غصّہ اُس پر اُتارتے اور جب تک اُس کی ناک میں بھُس نہ بھروا دیتے، تب تک چین نہ لیتے۔ چُنانچہ کوئی درباری ایسا نہ تھا جس کی ناک میں بھُس نہ بھرا گیا ہو۔

جسم موٹا ہونے کے ساتھ ساتھ بادشاہ سلامت کی عقل بھی بہت موٹی تھی۔ اکثر ایسا ہوتا کہ بادشاہ سلامت کسی کُرسی پر بیٹھتے اور وہ آپ کے بوجھ سے چرچرا کر ٹوٹ جاتی تو بادشاہ سلامت نہ صرف کُرسی بنانے والے کی بلکہ اُس کے پُورے خاندان کی ناک میں بھُس بھروا دیتے۔ اس لیے ملکہ نے محل کی ساری کُرسیاں اور مسہریاں لوہے کی بنوا دی تھیں۔ لیکن اس پر بھی کبھی نہ کبھی ایک آدھ کُرسی یا مسہری بادشاہ سلامت کے بوجھ سے ٹوٹ ہی جاتی۔ یہ دیکھ کر بعض آدمی تو

سوچنے لگتے کہ حضور بادشاہ سلامت موٹے زیادہ ہیں یا بھاری۔

بادشاہ سلامت کے بے تحاشا مُٹاپے اور اوندھی عقل سے ویسے تو ساری رعایا ہی پریشان تھی۔ مگر وزیرِ اعظم اور ملکہ کی تو جان آفت میں تھی۔ اور جب سے بادشاہ سلامت نے وزیرِ اعظم صاحب کی ناک میں بھُس بھروایا تھا، تب سے تو وہ اور بھی ڈرنے لگے تھے اور ہر وقت ایسی تجویزیں سوچتے رہتے کہ کسی طرح بادشاہ سلامت کا مُٹاپا ختم ہو۔ تاکہ اُن کی اور رعایا کی جان اِس مُصیبت سے چھُوٹے۔

ایک دن ملکۂ عالیہ بادشاہ سلامت کے لیے چاء بنا رہی تھیں کہ وزیرِ اعظم گھبرائے ہُوئے تشریف لائے اور کراہتے ہُوئے بولے۔ ”ارے ملکۂ عالیہ! آپ نے کچھ اور بھی سُنا؟“

"کیا؟" ملکہ ہڑ بڑا کر اِس زور سے اُٹھیں
کہ چاۓ کی کیتلی چُولھے پر سے گرتے گرتے بچی۔
"کیا بتاؤں حضور!" — وزیرِ اعظم پیٹھ کھجا
کر بولے: "حضور بادشاہ سلامت نے تو لوگوں
کی زندگیاں حرام کر دی ہیں"
"کچھ کہو گے بھی کہ —" ملکہ خفا ہونے لگیں۔

"کہوں کیا حضور؟" وزیرِ اعظم نے مُنہ بسور کر کہا۔ "کسی کم بخت نے حضورِ سے یہ کہہ دیا کہ شہر کے تمام بچّے آپ کو "مولُوشاہ" کہتے ہیں۔ بس آپ نے فوج کو حکم دے دیا ہے کہ وہ سارے شہر کے بچّوں کو پکڑ کر اُن کی ناک میں بُھس بھر دے۔"

"یہ تو بڑی بُری بات ہُوئی۔" ملکہ نے ڈرتے ہُوئے کہا۔ "اِس سے تو رِعایا میں بے چینی پھیل جائے گی۔"

"جی ہاں! اور کچھ عجب نہیں کہ لوگ حکومت کے خلاف بغاوت کر دیں۔" وزیرِ اعظم صاحب بولے۔

"بغاوت ــــ؟" ملکہ سہم گئیں۔

"جی ہاں! بغاوت ــــ" وزیرِ اعظم نے جوش میں آ کر میز پر مُکّا لگایا اور جب چوٹ لگی تو ہاتھ سہلانے لگے۔

"تو پھر کیا کیا جائے؟" ملکہ نے پُوچھا۔

وزیرِ اعظم سوچ کر بولے۔ "میرے خیال میں تو بادشاہ سلامت کے دُبلا ہونے کی صِرف ایک ہی صُورت ہے اور وہ یہ کہ آپ حضُور کو روٹی ذرا کم دِیا کریں۔"

ملکہ تن فن کر بولیں۔ "کیا تم یہ چاہتے ہو کہ بادشاہ سلامت میری بھی ناک میں بُھس بھروا دیں؟"

"ارے نہیں ملکۂ عالیہ!" وزیرِ اعظم سٹپٹا کر بولے۔ "در اصل۔ پھر ہمیں کوئی اور ہی تدبیر سوچنی پڑے گی۔"

اِتنے میں ایک نوکر بھاگا ہُوا آیا اور بولا۔ "حضُور بادشاہ سلامت فرما رہے ہیں۔ چاء ابھی تک نہیں آئی۔"

ملکہ جلدی سے بولیں۔ "کہنا شکّر ختم ہو گئی تھی۔ بازار سے منگائی ہے۔ ابھی آتی ہے۔" نوکر چلا گیا تو ملکہ وزیرِ اعظم سے بولیں۔ "اُلّو کی طرح میرا مُنہ کیا تک رہے

ہو۔ کچھ بولو نا؟"
وزیرِ اعظم نے پہلے کچھ دیر سوچا اور پھر ایک دم خوشی کا نعرہ مار کر بولے۔ "آہا! ملکۂ عالیہ! ایک بڑی اچھی ترکیب دماغ میں آئی ہے۔ شہر سے کچھ دور جو پہاڑ ہے، اس میں ایک بڑا زبردست جادوگر رہتا ہے۔

اگر اُس سے مدد طلب کی جائے تو شاید وہ کوئی ایسی دَوا یا منتر بتا دے، جس سے بادشاہ سلامت کا مُٹاپا کم ہو سکے۔"

ملکہ خُوشی سے ہاتھ ملتے ہُوئے بولیں:

"بس بس بالکل ٹھیک۔ تم آج ہی اور ابھی اُس کے پاس جاؤ۔"

وزیر صاحب نے جُھک کر سلام کیا اور چلے آئے۔

اب یہ بھی کچھ اتّفاق تھا کہ بادشاہ سلامت جتنے موٹے تھے۔ وزیرِ اعظم صاحب اُتنے ہی دُبلے پتلے اور دھان پان تھے۔ اُنھوں نے سوچا کہ اگر میرا بھی دُبلا پن دُور ہو جائے اور میں ذرا سا موٹا ہو جاؤں تو کیا ہی اچھّی بات ہو۔ یہ سوچ کر خُوشی سے اُچھل پڑے اور جادُوگر کو سارا حال کہہ سُنایا۔

"اچھّی بات ہے۔" جادُوگر اپنی خوفناک

آنکھیں گھُما کر بولا "یہ لو موٹا ہونے کی دَوا۔ اگر چھپکلی بھی کھائے تو پھُول کر ہاتھی ہو جائے۔ اور یہ لو دُبلا ہونے کی دَوا۔ اگر اِسے ہاتھی بھی کھائے تو پِسُّو بن جائے۔"

وزیرِ اعظم خُوش خوش دونوں دوائیں لے کر چلے آئے۔ مگر آکر یہ بھُول گئے کہ موٹا ہونے کی دَوا کون سی ہے اور دُبلا ہونے کی کون سی۔ بھُولے سے بادشاہ سلامت والی دَوا تو خُود چڑھا گئے اور اپنے والی دَوا بادشاہ سلامت کو دُودھ میں مِلا کر پلا دی اور نتیجہ کا اِنتظار کرنے لگے۔

تھوڑی دیر بعد اُنھوں نے دیکھا کہ بادشاہ سلامت کا پیٹ پھُول رہا ہے۔ گھبرا کر بولے "ارے حضُور! آپ کا پیٹ!"

بادشاہ سلامت جھلّا کر بولے "کم بخت میرا پیٹ دیکھ رہا ہے۔ تُو اپنے آپ کو تو دیکھ" وزیر اعظم صاحب نے گھبرا کر اپنے اُوپر نظر

ڈالی ۔ تو یہ دیکھ کر اُن کی رُوح فنا ہو گئی کہ وہ اور دُبلے پتلے ہوتے چلے جا رہے ہیں اب انھیں اپنی غلطی معلوم ہوئی ۔ مگر اب کیا ہو سکتا تھا ۔ کچھ دیر بعد بادشاہ سلامت تو پھُول کر غبارہ ہو گئے اور وزیرِ اعظم سُوکھ کر ہڈّیوں کا پنجر ۔

جب سارا گوشت گھُل گیا اور صرف ہڈیاں ہی باقی رہ گئیں تو اب وزیرِ اعظم نیچے کو گھٹنا شرُوع ہوئے اور گھنٹا بھر کے بعد آپ کا قد دو فُٹ رہ گیا اور بادشاہ سلامت کی توند چھت سے جا لگی ۔

اور پھر اِتنے زور کا دھماکا ہُوا کہ سارا شہر ہل گیا ۔ تمام فوج، اُمرا اور لوگ باگ دوڑ پڑے۔ آ کر کیا دیکھتے ہیں کہ بادشاہ سلامت تو پھٹے پڑے ہیں اور اُن کے پاس ایک چیُونٹی رینگ رہی ہے ۔ یہ وزیرِ اعظم تھے جو گھٹتے گھٹتے چیُونٹی کے برابر رہ گئے تھے ۔

بھیّا نے روزہ رکھّا

ڈز کی آواز سے سلیم بھیّا چونک پڑے۔
"کم بخت اِتنے پٹاخے چلا رہے ہیں جیسے ہمیں معلوم ہی نہیں کہ کل پہلا روزہ ہے۔"
"اچھا تو بھائی جان! آپ کو معلوم ہے کہ کل پہلا روزہ ہے۔" باجی ثریّا نے شرارت کے لہجے میں کہا۔
"لو! یہ بھی کوئی بھولنے کی بات ہے۔" بھیّا بولے۔
"لیکن بھیّا! آپ تو ہر سال بھول جاتے ہیں۔" طاہر بولا۔
"کیسے؟"
"پُورے تِیس کے تِیس روزے رکھ کر۔" نجمہ

مُسکراتے ہوئے بولی۔

"اُوں! یہ بات ہے ـــ تُم سب بہن بھائی مِل کر میرا مذاق اُڑا رہے ہو ـــ لیکن میں تُم کو بتائے دیتا ہُوں کہ اب کی دفعہ میں تیس کے اکتیس روزے نہ رکھوں تو میرا نام سلیم نہیں۔"

"بھائی جان! نجمہ بولی۔ "تو اب کی دفعہ آپ عید کے دن بھی روزہ رکھیں گے؟"

اِس پر ہم سب مُسکرا پڑے اور بھیّا کھسیانے ہو کر باہر نکل گئے۔

سحری کے وقت ہم سب بھیّا کو جگانے گئے تو معلُوم ہُوا کہ بھیّا نے سحری کھا لی ہے ـــ امّی سے پُوچھا تو وہ بولیں۔ "سلیم کو جگایا تو تھا۔ سحری بھی کھا چُکا ہے۔ لیکن کہتا تھا کہ پرویز، طاہر، نجمہ اور ثریّا کو صرف یہ ہی بتانا کہ سلیم نے سحری نہیں کھائی۔ وہ آٹھ پہر کا روزہ رکھے گا۔

صُبح سات بجے کے قریب ہم مولوی صاحب سے قُرآن مجید کا سبق پڑھ رہے تھے کہ بھیّا سلیم بھی مُنہ لٹکائے اندر آ داخل ہوئے۔

"سلیم میاں روزہ رکھّا ہے؟" مولوی صاحب نے بھیّا سے پُوچھا۔

"ہاں! رکھّا تو ہے ــــ لیکن آٹھ پہر کا"ــــ طاہر نے مولوی صاحب کی بات کا جواب دیا۔

"کیوں؟"

"تاکہ تیس روزے پندرہ دِنوں میں پُورے ہو جائیں نجمہ مُسکراتے ہُوئے بولی۔

"مولوی صاحب نے قہقہہ لگایا اور بھیّا چیخ کر بولے:

"مولوی صاحب آپ بھی ان کے ساتھ مِل کر میرا مذاق اُڑا رہے ہیں۔ میں روزے سے ہُوں۔ نہیں تو اِن کو بتا دیتا" اِتنا کہہ کر بھیّا باہر نِکل گئے۔

مولوی صاحب کے جانے کے بعد نجمہ

بولی۔ "مجھے تو بھیّا کے روزے میں کچھ شک معلوم ہوتا ہے"۔۔۔ ہم نے اِس کی تائید کی۔

"لیکن یہ کیسے معلوم ہو کہ بھیّا روزے سے ہیں" میں بولا۔

"وہ ترکیب نہ کریں؟" طاہر بولا۔

"کونسی؟" باجی بولیں۔

"وُہی جو پچھلے سال آپ سے کی تھی"۔

"ٹھیک ہے" نجمہ بولی اور ہم بازار کی طرف چل دیے۔

"یہ پھل اور مٹھائی کہاں سے آئے ہیں میرے کمرے میں؟ بھیّا کمرے میں داخل ہو کر بولے۔

"آپ کے دوست حمید دے گئے ہیں اور کہہ گئے ہیں کہ ہم ابھی آتے ہیں" میں بولا۔

"بہتر اب تم جاؤ۔ حمید آئیں تو انھیں اندر بھیج دینا۔

"دروازہ کھولو سلیم!"۔۔۔ طاہر اپنی آواز بدلتے ہُوئے بولا۔

"کون ہے؟" بھیّا اندر سے بولے۔

"میں ہُوں حمید۔"

"اچھا حمید! تم آ گئے؟ ذرا آہستہ بولو بھائی! میں دروازہ کھولے دیتا ہُوں۔ اِدھر اُدھر دیکھو۔ کہیں کوئی چھُپا تو نہیں!"

"کوئی نہیں۔ دروازہ کھولو۔"

دروازہ کھُلتے ہی ہم سب اندر گھُس گئے۔ بھیّا کی طرف دیکھا تو وہ مُنہ میں لڈّو رکھے مُنہ بند کیے کھڑے تھے۔

"کیا ہو رہا تھا بھائی جان!" طاہر بولا۔

"کچھ نہیں! لڈّو کھا رہے تھے۔" باجی بولیں۔

"نہیں!" نجمہ بولی "میں بتاتی ہُوں۔ بھیّا روزے کو دو حصّوں میں تقسیم کر رہے تھے۔

"وہ کیوں؟" میں بولا۔

"تاکہ تیس روزے پندرہ دنوں میں پُورے ہو جائیں۔"

بھول بھلکڑ

کسی جنگل میں ایک ننھا مُنّا ہاتھی رہا کرتا تھا ۔ نام تھا جگنو ۔ میاں جگنو ویسے تو بڑے اچھے تھے ۔ ننھی سی سونڈ، ننھی سی دُم اور اور بوٹا سا قد، بڑے ہنس مکھ اور یاروں کے یار ۔ مگر خرابی یہ تھی کہ ذرا دماغ کے کمزور تھے ۔ بس کوئی بات یاد ہی نہیں رہتی تھی ۔ امّی جان کسی بات کو منع کرتیں تو ڈر

کے مارے ہاں تو کر لیتے ۔ مگر پھر تھوڑی ہی دیر بعد بالکل بھول جاتے اور اس بات کو پھر کرنے لگتے ۔ ابّا جان پریشان تھے تو امّی جان عاجز ۔ تمام ساتھی میاں جگنو کا مذاق اُڑاتے اور انھیں "بھول بھلکّڑ" کہا کرتے ۔

ابّا جان میاں جگنو کا کان زور سے اینٹھ کر کہتے ۔" دیکھو بھئی جگنو ۔ تم نے تو بالکل ہی حد کر دی ۔ بھلا ایسا بھی دماغ کیا کہ کوئی بات یاد ہی نہ رہے ۔ تم باتوں کو یاد رکھنے کی کوشش کیا کرو ۔ ہاتھی کی قوم تو بڑی تیز دماغ ہوتی ہے ۔ برس ہا برس کی باتیں نہیں بھولتی ۔ مگر خدا جانے تم کس طرح کے ہاتھی ہو ۔ اگر تمھاری یہی حالت رہی ، تو تم سارے خاندان کی ناک کٹوا دو گے ۔"

جگنو میاں جلدی سے اپنی ننھی سی سونڈ پر ہاتھ پھیرتے اور سر ہلا کر کہتے ۔ " ابّا جان ! اب کے تو معاف کر دیجیے ۔ آیندہ میں ضرور

باتیں یاد رکھنے کی کوشش کروں گا۔" مگر یہ ہمیشہ کی طرح بھول جاتے اور اپنی کرنی سے باز نہ آتے۔ اور بھئی! بات یہ ہے کہ دُنیا میں اِتنی بہت سی تو باتیں ہیں۔ بھلا کوئی کہاں تک یاد رکھّے۔ اُونھ!

اب مثلاً تمام ہاتھی بن مانسوں سے نفرت کرتے تھے۔ کیوں کہ آج سے سَو برس پہلے کِسی بن مانس نے ایک بڑا سا ناریل کِسی ہاتھی کے مُنہ پر دے مارا تھا۔ اُس دِن سے تمام ہاتھی بن مانسوں کے دُشمن ہوگئے۔ یہ بات جُگنو کو بہت سے ہاتھیوں نے سمجھائی تھی۔ مگر میاں جُگنو تو تھے ہی بھول بھلکّڑ۔ کئی بار کان پکڑ کر توبہ کی کہ اب بن مانسوں کے بچّوں کے ساتھ نہیں کھیلوں گا۔ کھیلنا کیسا اُن کی صُورت بھی نہیں دیکھوں گا۔ مگر دُوسرے ہی دِن ساری توبہ بھول جاتے اور پھر اُن کے ساتھ کبڈّی کھیلنا شرُوع کردیتے۔

ہاتھیوں کے دُوسرے دُشمن طوطے تھے ۔
ہاتھی ان سے بھی بڑی نفرت کرتے تھے ۔
بات یہ تھی کہ ایک دفعہ کوئی ہاتھی بیمار
ہو گیا ۔ اِس لیے ہاتھیوں نے طوطوں سے
کہا کہ شور مت مچایا کرو ۔ اس سے مریض
کی طبیعت خراب ہو جاتی ہے ۔ مگر توبہ! وہ
طوطے ہی کیا جو ٹیں ٹیں کرکے آسمان سر
پر نہ اُٹھالیں ۔ اُس دِن سے ہاتھی طوطوں
سے بھی بَیر رکھنے لگے ۔ وہ تو کہو اُن کے
بس کی بات نہیں تھی ۔ ورنہ اُنھوں نے
تو کبھی کی ان کی چٹنی بنا کر رکھ دی ہوتی۔
جُگنو کے ماں باپ اور یار دوستوں نے اُسے
یہ بات بھی کئی مرتبہ بتائی تھی اور کہا تھا
کہ طوطوں سے ہماری لڑائی ہے ۔ تُم بھی
ان سے بات مت کیا کرو ۔ مگر میاں جُگنو
بن مانس والی بات کی طرح یہ بات بھی
بھول جاتے اور طوطوں کو اپنی پیٹھ پر

چڑھا کر سارے جنگل میں کودتے پھرتے۔
میاں جگنو کی یہ حرکتیں دیکھ کر ہاتھیوں نے اُس سے بول چال بند کر دی۔ بڑے بڑے ہاتھیوں نے کہا۔ "جگنو کا حافظہ اِتنا خراب ہے کہ کسی کی دوستی اور دُشمنی کو نہیں سمجھتا بھلا یہ کسی سے دُشمنی کیا کر سکے گا"۔
تمام ہاتھی اس کو بے وقوف کہہ کہہ کر چڑاتے اور اس پر پھبتیاں کستے۔ مگر جگنو کو کسی کی پروا نہیں تھی۔ وہ اِتنا سیدھا سادا اور نیک دِل تھا کہ وہ ان کے مذاق سے بالکل بُرا نہ مانتا تھا اور پھر اس کا حافظہ بھی تو کمزور تھا۔ اُسے یاد ہی نہیں رہتا تھا کہ کون دوست ہے کون دُشمن۔ کون سی بات اچھی ہے، کون سی بُری۔
ایک دِن ایک بڑا ہی خوف ناک واقعہ پیش آیا۔ جگنو جنگل میں ٹہلتا پھر رہا تھا کہ ایسا معلوم ہُوا جیسے ایک دم زمین پھٹ گئی اور

وہ اس میں سما گیا۔ اصل میں شکاریوں نے یہ گڑھا کھود کر اس کے اُوپر گھاس پھُونس ڈھانپ دیا تھا تاکہ ہاتھی اس کے اُوپر سے گزُریں تو نیچے گر پڑیں اور پھر وہ انھیں پکڑ لیں۔ قسمت کی بات، میاں جُگنو ہی کی شامت آ گئی —!

ایک دم اُوپر سے گرنے سے میاں جُگنو کے بہت چوٹ آئی تھی۔ تھوڑی دیر تک تو اُس کی سمجھ میں یہی نہیں آیا کہ یہ ہُوا کیا۔ آخر جب اُس نے آنکھیں ملیں اور اِدھر اُدھر دیکھا تو پھر اُسے معلوم ہُوا کہ وہ ایک گہرے گڑھے میں گر پڑا ہے۔ اب تو اُس کی

جان نکل گئی ۔ اُس نے پَیر پٹک پٹک کر اور اِدھر اُدھر ٹکریں مار مار کر لاکھ کوشش کی کہ کِسی طرح گڑھے سے نکل جائے مگر کچھ بن نہ پڑی ۔ بے چارے نے ہر طرف سے مایُوس ہو کر زور سے چنگھاڑنا شرُوع کر دِیا۔ ابّا ابّا ! امّاں امّاں ! دَوڑو دَوڑو ۔

جُگنو کی چیخیں سُن کر جنگل کے تمام ہاتھی دوڑ پڑے اور گڑھے کے پاس کھڑے ہو کر نیچے دیکھنے لگے ۔ جُگنو نے چیخ کر کہا ۔

"میں ہُوں ۔ جُگنو ۔ اِس گڑھے میں پڑا ہُوں ۔ خُدا کے لِیے مجھے یہاں سے نکالو ۔"

اُس کے ماں باپ نے نیچے جُھک کر اُسے دیکھا ۔ چند بڑے بُوڑھے ہاتھی بھی اُس کے پاس آ گئے ۔ سب کے سب پریشان تھے۔ کِسی کی سمجھ میں نہ آتا تھا کہ جُگنو کو اِس مُصیبت سے کِس طرح نجات دلائیں۔ اُنھیں خاموش دیکھ کر جُگنو کا دِل بیٹھ گیا

اور آنکھوں میں آنسو بھر کر بولا۔

"تم مجھے یہاں سے نہیں نکال سکتے؟ میری کوئی مدد نہیں کر سکتا؟ اُف میں کیا کروں؟"

سب ہاتھیوں نے مایوسی سے سر ہلایا اور آہستہ آہستہ چلے گئے۔ چلتے وقت اُس کی ماں نے کہا۔ "جگنو! گھبرانا مت۔ ہم تمہارے لیے کھانا لے کر آتے ہیں۔" مگر جگنو کو کھانے کی ضرورت نہ تھی۔ وہ اس گڑھے سے نکلنا چاہتا تھا۔

ہاتھی چلے گئے تو اُس نے ایک گہری سانس لی اور پھوٹ کر رونے لگا۔ اچانک اُسے سر پر بہت سے پروں کے پھڑپھڑانے کی آواز آئی۔ اُس نے سر اُٹھا کر دیکھا تو رنگ برنگے طوطے نظر آئے۔ یہ سب اُس کے دوست تھے، جنھیں وہ اپنی پیٹھ پر چڑھا کر جنگل کی سیر کراتا تھا۔ کچھ طوطے گڑھے پر آکر بولے۔ "جگنو! گھبراؤ نہیں۔ ہم

ابھی تمھیں اِس مصیبت سے چھٹکارا دلاتے ہیں۔ خاطر جمع رکھو۔"

یہ کہہ کر وہ چلے گئے۔ اور پھر جگنو نے سُنا کہ طوطے بن مانسوں کو آوازیں دے رہے ہیں...... تھوڑی دیر بعد طوطے بہت سے بن مانسوں کو لے کر آ گئے۔ اُن کے ہاتھوں میں انگوروں کی لمبی لمبی رسّیوں جیسی بیلیں تھیں۔ اُنھوں نے بیلوں کے سرے گڑھے میں لٹکا دیے اور کچھ بن مانس اُن کے ذریعے گڑھے میں اُتر گئے۔ جگنو اُنھیں دیکھ کر بہت خوش ہوا۔ اب اُسے باہر نکلنے کی کچھ اُمید ہو گئی تھی۔ ہنس کر بولا "میرے دوستو! کیا تم مجھے باہر نکالنے میں کامیاب ہو جاؤ گے؟——"

بن مانس بولے "کیوں نہیں۔ ضرور! خدا نے چاہا تو ابھی ابھی ہم تمھیں اُوپر کھینچ لیں گے۔ اگر کوئی اور ہاتھی ہوتا تو ہم

ذرا بھی پروا نہ کرتے ۔ کیونکہ وہ ہم سے نفرت کرتے ہیں۔ مگر تمھاری بات دُوسری ہے۔ تُم ہمارے دوست ہو اور دوست کی مدد کرنا دوست کا فرض ہے ۔ لو اب ذرا تُم سیدھے کھڑے ہو جاؤ تاکہ ہم تمھیں اِن رسّیوں سے باندھ دیں ۔"

جُگنو کھڑا ہو گیا اور بن مانسوں نے اسے رسّیوں سے خُوب جکڑ دِیا ۔ پھر وہ ان تمام رسّیوں (بیلوں) کو لے کر گڑھے سے باہر چلے گئے اور انھیں سب کو بٹ کر ایک موٹی سی رسّی بنا لی ۔ پھر ایک بن مانس زور سے بولا ۔" ہوشیار ۔ خبردار !"

سب کے سب بن مانسوں نے رسّی کو مضبُوطی سے تھام لیا اور تن کر کھڑے ہو گئے اُسی بن مانس نے پھر کہا " کھینچو ! ایک ساتھ ۔"

اب سارے بن مانس رسّی کو پُوری طاقت سے کھینچنے لگے ۔

ایک زور کے جھٹکے کے ساتھ جُگنو کے پَیر ایک دم زمین سے اُٹھ گئے اور پھر وہ آہستہ آہستہ اُوپر اُٹھتا گیا۔ اس کا دِل دھک دھک کر رہا تھا۔ بدن پر پسینے چھُوٹ رہے تھے۔ اگر رسّی ٹُوٹ گئی تو؟ تو وہ پھر دھڑام سے نیچے گر پڑے گا۔ بن مانس برابر رسّی کھینچ رہے تھے۔ اور ساتھ ساتھ شور بھی مچاتے جاتے "ہاں شاباش! کیا کہنے بہادرو! بس تھوڑا سا فاصلہ اور رہ گیا ہے۔ ہاں لگے زور سے"

تھوڑی دیر میں میاں جُگنو زمین کے اُوپر تھے۔ اُنھوں نے حیرت سے آنکھیں مَلیں۔ چاروں طرف دیکھا اور جب سب دوستوں نے خوشی سے تالیاں بجائیں۔ تب وہ سمجھے کہ میں سچ مچ اُوپر آگیا ہُوں۔ نئی زندگی پاکر جُگنو کی خوشی کا ٹھکانا نہ رہا۔ کِھلکھلائے پڑتے تھے۔ یار دوستوں سے خُوب خُوب گلے مِلے

اور بولے۔" تم سچ مچ میرے دوست ہو ۔ دوست وہ جو مصیبت میں کام آئے ۔ چلو سب میری پیٹھ پر چڑھ جاؤ ۔

جگنو میاں گھر پہنچے تو ماں باپ رو رہے تھے ۔ اُن کے لیے تو میاں جگنو ختم ہو چکے تھے ۔ لیکن اُنھیں ایکا ایکی آتا ہُوا دیکھ کر دنگ رہ گئے ـــــ امّی جان "میرے لال" کہہ کر چمٹ گئیں ۔ ابّا جان نے بھی پیار کیا ۔ جب دِلوں کی بھڑاس نکل چکی تو میاں جگنو نے بتایا کہ جن جانوروں کو آپ دُشمن سمجھتے اور اُنھیں ہمیشہ نفرت کی نظر سے دیکھتے تھے ، اُنھوں نے ہی میری جان بچائی ، تو وہ بہت خوش ہُوئے اور اُنھوں نے میاں جگنو کو اجازت دے دی کہ تُم خُوشی سے طوطوں اور بن مانسوں کے ساتھ کھیلا کرو ۔ تُمھیں کوئی نہیں روکے ٹوکے گا ۔ اُس دِن سے تمام ہاتھیوں نے انھیں بے وقوف بھی

کہنا چھوڑ دیا اور ان سے ہنسی خُوشی مِلنے جُلنے لگے۔

جُگنو کے ماں باپ کو آج پہلی بار معلوم ہُوا کہ دُوسروں کے خلاف دِل میں خوِاہ مخوِاہ حسد اور دُشمنی رکھنے سے یہ بہتر ہے کہ اُنھیں دوست بنایا جائے تاکہ وہ وقت پر کام آسکیں۔

شاعِر کا اِنعام

عرب کے لوگ اپنی زبان دانی کی وجہ سے ساری دُنیا میں مشہور ہیں۔ قدِیم زمانے میں وہاں کے رئیس، جاگیردار، نوّاب بلکہ بادشاہ تک اہلِ علم پر عمُوماً اور شاعروں پر خصُوصاً مہربان رہا کرتے تھے۔ بڑے بڑے نامی شاعِر جس دربار میں جمع ہوتے، سب پر وُہی شخص غالب رہتا۔ یہی سبب ہے کہ اکثر اِنعام و اکرام سے مالا مال رکھتے، بلکہ قدر دانی کی یہ نوبت پہنچ گئی تھی کہ بعض وقت قصِیدہ تو درکنار، چند اشعار کہنے پر دس دس بیس بیس ہزار اشرفیاں اِنعام دیتے، بلکہ بعض دفعہ ایک ایک مصرع پر ہزاروں

اشرفیاں نثار کر ڈالتے تھے۔

ایک بخیل شہزادے نے اپنے باپ دادا کے دستور کے خلاف شاعروں کو انعام دینا بند کر دیا۔ خدا نے اُس کو ایسا تیز حافظہ عطا کیا تھا کہ جس شعر کو ایک دفعہ سُن لیتا فوراً یاد ہو جاتا۔ اُس کے ہاں ایک غلام تھا جو شعروں کو دو بار سُن کر لفظ بہ لفظ یاد کر لیتا اور ایک لونڈی تھی جو تین بار سُن کر اشعار کو ازبر کر لیتی تھی۔

جب کوئی شاعر اس کی تعریف میں قصیدہ کہہ کر لاتا تو شہزادہ اُس سے کہتا "اگر تمھارے اشعار ایسے ہُوئے کہ آگے کسی سے نہ سُنے ہوں تو ہم تُم کو اِس چیز کے ہم وزن سونا دیں گے جس پر تُم قصیدہ لکھ کر پیش کرو گے"۔ شاعر دل میں خُوش ہو کر اس شرط کو قبُول کر لیتا اور شعر پڑھتے شرُوع کرتا۔ جب وہ قصیدہ ختم کر چُکتا تو شہزادہ کہتا کہ یہ اشعار تو

میرے سُنے ہُوئے ہیں اور خود اوّل سے آخر تک پڑھ کر سُنا دیتا۔ پھر کہتا کہ یہ اشعار صِرف مجھ کو ہی یاد نہیں، بلکہ میرے اِس غلام کو بھی یاد ہیں۔ چونکہ غُلام دو بار سُن چُکتا تھا، اِس لیے اس کو یاد ہو جاتے تھے۔ وہ فورًا اِشارہ پاتے ہی تمام قصیدہ دُہرا دیتا۔ پھر لونڈی کو بُلا کر کہتا کہ خُوب یاد آیا۔ یہ تمام اشعار تو اِس ہماری کنیز کو بھی یاد ہیں۔ چُونکہ وہ تین بار سُن چُکتی اور ازبر کیے ہوتی تھی، فورًا فرفر سُنا دیتی تھی ۔ یہ دیکھ کر شاعر بے چارہ اپنا سا مُنہ لے کر خالی ہاتھ واپس چلا جاتا تھا۔

رفتہ رفتہ تمام مُلک میں اِس بات کا چرچا ہونے لگا۔ اُس زمانے میں اصمعی ایک مشہور شاعر تھا۔ اُس نے اِس دِل چسپ قصّے کو سُنا تو فورًا اصل حقیقت کو بھانپ گیا اور پکّا ارادہ کر لیا کہ اِس شہزادے کو اُس کی اِس

نامعقول حرکت کا مزہ چکھانا ضروری ہے۔ یہ سوچ کر اُس نے ایک نظم لکھی جس میں چھانٹ چھانٹ کر مُشکل الفاظ بھر دیے۔ پھر بدوؤں کا سا بھیس بھرا اور سارا چہرہ کپڑے سے ڈھانپ لیا۔ صرف آنکھیں کھُلی رکھیں۔

اِس طرح کا رُوپ بھر کر شاہی محل کی طرف چلا اور اجازت لے کر اندر گیا۔ اور جاتے ہی شہزادے کو سلام کیا۔ شہزادے نے پُوچھا: ”تم کون ہو۔ کہاں سے آئے ہو۔ اور یہاں کیوں تشریف لائے ہو؟“

اصمعی نے ادب سے جواب دیا: ”حضور کے اقبال دُونے۔ میں اپنی قوم کا نامور شاعر ہُوں۔ آپ کی تعریف میں چند اشعار کہہ کر لایا ہُوں۔“

شہزادہ بولا: ”تم نے میری شرط بھی سُنی ہے؟“

شاعر نے عرض کیا: ”نہیں حضور۔ فرمایئے

وہ شرط کیا ہے؟"

شہزادے نے کہا: "اگر ہمیں ثابت ہو گیا کہ یہ اشعار تمھاری ہی تصنیف ہیں اور اس سے پہلے کسی اور نے نہیں سنے تو تم کو اُس چیز کے ہم وزن اشرفیاں انعام میں دُوں گا، جس پر تم اشعار لکھ کر لائے ہو۔"

اصمعی نے نہایت ادب سے گزارش کی: "بھلا حضُور، یہ کیونکر ہو سکتا ہے کہ میں آپ کے سامنے جھوٹ بولوں۔ مجھے جناب کی شرط

دِل و جان سے منظور ہے۔"

شہزادے نے حُکم دیا: "اچھّا اشعار سُناؤ۔

اصمعی نے قصیدہ پڑھنا شروع کیا اور اوّل سے آخر تک ختم کر دیا۔ اس میں تمام کے تمام مُشکل الفاظ بھرے ہُوئے تھے۔ شہزادہ عالِم فاضل تو تھا نہیں۔ اِن الفاظ کو نہ سمجھ سکا۔ اِس لیے ایک شعر بھی یاد نہ کر سکا اور مُنہ تکتا رہ گیا۔ آخر حیران ہوکر غُلام کی طرف اشارہ کیا۔ وہاں بھی کیا رکھا تھا۔ صاف جواب ملا اور لونڈی بھی خاموش رہ گئی۔ آخر مجبُورًا اصمعی سے بولا: "اے بھائی! بے شک یہ اشعار آپ ہی کی تصنیف ہیں۔ اس سے پہلے ہم نے کبھی نہیں سُنے۔ کہیے آپ نے یہ شعر کس چیز پر لکھّے ہیں تا کہ اپنی شرط کے مُطابق اُس کے ہم وزن اشرفیاں تول کر اِنعام دُوں۔"

اصمعی نے جواب دیا: "حضُور! اپنے کسی

خادم کو حکم دیں کہ وہ اُس چیز کو اُٹھا لائے۔"

شہزادے نے پُوچھا: "وہ کیا چیز ہے۔ کیا تُم نے کسی کاغذ پر نہیں لکھے؟"

اصمعی نے کہا: "عالی جاہ۔ میں نے یہ اشعار کاغذ پر نہیں لکھے۔ جب میں نے یہ نظم تصنیف کی تھی، مجھ کو کاغذ نہیں مل سکا تھا جو اس پر لکھتا۔ میرا باپ اپنی جائیداد میں ایک سنگِ مرمر کا تختہ چھوڑ گیا تھا، اُس وقت وُہی سامنے موجود تھا۔ اسی پر کندہ کر دیے تھے اور اُس کو ایک کپڑے میں لپیٹ کر اُونٹ کی پیٹھ پر لاد کر لایا ہُوں اور اِس وقت محل کے صحن میں رکھا ہے۔ مہربانی فرما کر خادم کو حکم دیں کہ وہ جا کر اُٹھا لائے۔ میں اکیلا نہیں اُٹھا سکتا۔"

شہزادہ یہ سُن کر ہکا بکا رہ گیا۔ مگر اب کیا کر سکتا تھا۔ آخر شرط کے مُطابق اس پتھر

کے ہم وزن اشرفیاں دینی پڑیں۔ اُس کا تقریباً تمام خزانہ خالی ہو گیا تھا۔ اُس نے آیندہ اپنی بد عادت سے توبہ کی کہ ایسا نہ ہو، کوئی اور شاعر ایسا ہی جُل دے۔ پھر اُس نے حسبِ دستور سب شُعرا کو اِنعام و اِکرام دینا شرُوع کر دِیا۔ پُورے مُلک میں اُس کی تعریف ہونے لگی اور آخرکار اُس کو معلُوم ہو گیا کہ جو کچھ اصمعی نے کیا وہ صرف اُس کی بیدار مغزی کا نتیجہ تھا۔

کل کا گھوڑا

پُرانے زمانے کا ذکر ہے کہ ایران پر ایک بڑا زبردست بادشاہ حکومت کرتا تھا۔ وہ نئی نئی ایجادات اور عجائبات کا بڑا ہی اشتیاق رکھتا تھا۔ اسی لیے دُور دُور کے کاریگر نفیس اور عجیب و غریب چیزیں بادشاہ کے حضور میں لاتے اور انعام پاتے۔

ایک دفعہ ہندوستان کا ایک شخص بادشاہ کی خدمت میں حاضر ہوا اور لکڑی کا ایک گھوڑا پیش کیا۔ گھوڑا اس کاریگری اور خوبصورتی سے بنایا گیا تھا کہ دیکھنے میں بالکل جان دار لگتا تھا۔

ہندوستانی نے بادشاہ سے کہا: حضور، بندہ

یہ نادر گھوڑا آپ کے مُلاحظے کے لیے لایا ہے۔ اِس گھوڑے کا وصف یہ ہے کہ اس پر سوار ہو کر اِنسان جدھر چاہے ہزاروں کوس چلا جائے۔"

بادشاہ نے کہا: "اگر واقعی ایسا ہی ہے تو ایسا نادر گھوڑا نہ میں نے دیکھا نہ سُنا۔ لیکن جب تک میں خُود اس کی آزمایش نہ کر لوں گا، تمُھاری بات کا یقین نہ کروں گا۔"

یہ سُن کر شہزادہ فیروز نے جو ولی عہد تھا، آگے بڑھ کر کہا: "عالی جاہ! اگر اجازت ہو تو میں اِس گھوڑے پر سواری کروں؟"

بادشاہ سے اجازت پا کر شہزادے نے گھوڑے کی پُشت پر سوار ہو کر ایڑ لگائی، لیکن گھوڑا اپنی جگہ سے ذرا بھی نہ ہلا۔ شہزادے نے سوداگر سے مُخاطب ہو کر

کہا: "اس کی تیزی کہاں گئی۔"

یہ بات سُن کر ہندوستانی آگے بڑھا اور گھوڑے کی گردن کے نیچے ایک پیچ دکھا کر کہا: "حضور، اِس پیچ کے پھیرنے سے گھوڑا ہوا کی مانند آسمان کی طرف اُڑ جائے گا۔"

شہزادے کے پیچ گھماتے ہی گھوڑا تیر کی مانند آسمان کی طرف پرواز کرنے لگا اور یکایک لوگوں کی نگاہوں سے غائب ہو گیا۔

بہت دیر تک بادشاہ اور وزیر شہزادے کا انتظار کرتے رہے لیکن جب وہ واپس نہ آیا تو بادشاہ کو شُبہ ہُوا کہ شہزادے کو ضُرور کسی آفت کا سامنا پڑ گیا ہو گا۔

بادشاہ نے ہندوستانی کو بُلا کر کہا: "شہزادے کو کِسی قِسم کا بھی صدمہ پہنچا تو تمُھارا سر قلم کر دیا جائے گا۔"

اُس نے جواب دِیا: ”حضور خاطر جمع رکھیں۔ مجھے پُورا یقین ہے کہ شہزادے کو کوئی گزند نہیں پہنچے گا۔ گھوڑے کی گردن کے نیچے ایک اور پیچ ہے جس کے مروڑنے سے گھوڑا زمین کی طرف اُتر آئے گا۔“

بادشاہ نے کہا: ”خواہ کچھ ہی ہو، مجھے تمھاری باتوں کا یقین نہیں آتا۔“ اُس نے افسروں کو حکم دِیا کہ جب تک شہزادہ صحیح سلامت واپس نہ آ جائے، اِس ہندی کو قید میں رکھو۔

اُدھر شہزادہ فیروز تیر کی طرح ہَوا میں آسمان کی طرف اُڑتا چلا گیا۔ ابھی آدھ گھنٹا بھی نہ گُزرنے پایا تھا کہ وہ اِس قدر بلندی پر چڑھ گیا کہ اُسے کوئی شے زمین کی سطح پر نظر نہ آتی تھی۔ پہاڑ زمین کے ساتھ بچھے ہُوئے دِکھائی دیتے تھے۔ تب اُس نے چاہا کہ جہاں سے سوار ہُوا

تھا، وہاں واپس آ جائے۔ گھوڑے کو نیچے اُتارنے کے لیے اُس نے پیچ کو اُلٹی طرف مروڑا، لیکن بے سُود۔ پھر اُس نے اُسے اِدھر اُدھر سب طرف گھُمایا، مگر گھوڑا نیچے نہ اُترا۔

فیروز نے خطرے کو محسوس تو کیا، مگر ہوش و حواس پر قابُو رکھا۔ اُس نے گھوڑے کے سر اور گردن کو بڑے غور سے ٹٹولا کہ شاید کوئی پیچ مِل جائے، جس کے مروڑنے سے گھوڑا نیچے اُترے۔ آخر بہت جُستجُو کے بعد دائیں کان کے نیچے اُسے ایک پیچ دِکھائی دِیا جو پہلے پیچ سے چھوٹا تھا۔ اِس پیچ کو مروڑتے ہی گھوڑا جس تیزی سے چڑھا تھا، ویسی ہی تیزی سے نیچے اُترنے لگا۔

جب فیروز زمین پر اُترا، تو رات کا وقت تھا مگر تاریکی ایسی نہ چھائی تھی کہ

کچھ نظر نہ آئے۔ اُس نے دیکھا کہ وہ جگہ جہاں وہ اُترا ہے، ایک محل کی چھت ہے جو چاروں طرف سینے تک بُلند منڈیر سے گھری ہوئی ہے۔ گھوڑے سے اُتر نیچے کی راہ ڈھونڈنے لگا۔ آخر ایک طرف اُس نے دیکھا کہ ایک زینہ ہے جو نیچے کی منزل تک جاتا ہے۔ اُس زینے سے اُتر کر وہ مکان کی نچلی منزل میں گیا۔ دالان کا فرش سنگ مرمر کا تھا۔ دیواروں پر نقّاشی اور گُل کاری کو دیکھ کر فیروز دنگ رہ گیا۔ مکان میں بالکل خاموشی تھی۔ حیران تھا کہ کیا کرے۔

اُسی وقت اُسے دالان کے ساتھ والے کمرے میں کچھ روشنی معلوم دی۔ فیروز آگے بڑھ کر ایک باریک ریشمی پردے کو اُٹھا، ایک سجے ہوئے کمرے میں داخل ہوا جہاں ایک خوب صورت لڑکی سو رہی تھی۔ لباس

سے معلوم ہوتا تھا کہ کوئی شہزادی ہے۔

فیروز نے دو زانو ہو کر شہزادی کی آستین کو کھینچا، جس سے اُس کی آنکھ کُھل گئی اور وہ ایک خوب صورت نوجوان کو اپنے پلنگ کے پاس پا کر بڑی گھبرائی۔

فیروز نے اُسے دلاسا دیا اور اپنی بپتا سُنائی۔

یہ شہزادی بنگال کے راجا کی بڑی لڑکی تھی اور یہ عالی شان محل اُس کے باپ

نے دارُالحکومت سے کچھ فاصلے پر خاص اُس کے لیے ہی تعمیر کروایا تھا اور وہ اسی میں رہایش کیا کرتی تھی۔

جب فیروز اپنا حال بیان کر چکا تو شہزادی نے کہا، "اے شہزادے، مطمئن رہو۔ یہاں تمھیں کسی قسم کی تکلیف نہ ہوگی۔ جس طرح سے تم اپنے مُلک میں رہتے تھے، یہاں بھی اُسی شان و شوکت کے ساتھ رہوگے۔ مجھے اُمید ہے کہ تمھیں میرے مہمان بن کر رہنے میں کوئی عُذر نہیں ہوگا۔"

فیروز کو بھلا اس کی درخواست قبول کرنے سے کب اِنکار ہو سکتا تھا شہزادی نے بھی اُس کا دِل بہلانے میں کوئی دقیقہ باقی نہ چھوڑا۔ اسی طرح چند ہفتے گُزر گئے۔

ایک دِن فیروز نے شہزادی سے کہا "میں

کب تک یہاں بے کار پڑا رہوں گا۔ اب مجھے اجازت دیجیے تا کہ اپنے گھر جاؤں۔"
اِس پر شہزادی بولی: "میں بھی تمھارے ساتھ جاؤں گی۔"

ایک دن صُبح ہی صُبح، جب کہ سب خدمت گار سوئے پڑے تھے، فیروز نے اپنے گھوڑے پر سوار ہو، شہزادی کو پیچھے بِٹھا، پیچ مروڑا۔ گھوڑا آنًا فانًا ہوا میں اِس تیزی سے اُڑا کہ ابھی دو گھنٹے بھی گزُرنے نہ پائے تھے کہ ایران کے پایۂ تخت کے قریب آ پہنچا۔ فیروز نے گھوڑے کا رُخ ایک حویلی کی طرف کِیا جو محل سے کچھ فاصلے پر تھی۔ شہزادی کو وہاں چھوڑا۔ خدمت گاروں کو اُس کی سب ضرُوریات بہم پہنچانے کا حُکم دیا اور خُود گھوڑے پر سوار ہو، تنِ تنہا بادشاہ کو اپنا قِصّہ سُنانے کے لِیے روانہ ہُوا۔ جب وہ

بازاروں سے گزرا تو لوگوں نے شہزادے کو دوبارہ زندہ دیکھ کر خوشی سے تالیاں بجانی شروع کیں۔ محل میں پہنچا تو بادشاہ اُسے دیکھ کر خوشی سے پھولا نہ سمایا۔ شہزادے کو گلے لگایا۔ خوشی کے مارے اُس کی آنکھوں سے آنسو بہنے لگے۔ اِس خوشی میں حکم دیا کہ ہندی کو فوراً رہا کر کے مع گھوڑے کے مُلک سے باہر نکال دیا جائے۔

شہزادی کو محل میں لانے کے لیے تیّاریاں ہونے لگیں۔ ایک عظیمُ الشّان جلوس اِس غرض سے نکالا گیا۔

جب ہندی نے سُنا کہ فیروز اس گھوڑے پر ایک شہزادی اپنے ساتھ لایا ہے اور اُسے ایک حویلی میں چھوڑ کر بادشاہ کے پاس آیا ہے تو اُس نے سوچا کہ اب بدلہ لینے کا موقع ہے۔ اُس نے اُس حویلی کی راہ لی جہاں شہزادی ٹھہری ہوئی تھی۔ وہاں

پہنچ کر شہزادی سے کہا "بادشاہ نے مجھے آپ کے لانے کے لیے بھیجا ہے۔"

شہزادی تیّار ہو گئی۔ دونوں کل کے گھوڑے پر، جسے فیروز وہاں چھوڑ گیا تھا، سوار ہو گئے۔ ہندی کا پیچ مروڑنا تھا کہ گھوڑا ہوا کی تیزی سے بادشاہ اور خادموں کی نظروں کے سامنے آسمان کی طرف اُڑ گیا۔

بادشاہ نے للکار کر کہا "نیچے اُتر اور شہزادی کو ہمارے حوالے کر۔" لیکن ہندی نے ذرا بھی اُس کے حُکم کی پروا نہ کی۔ اور دُوسرے دِن دونوں کشمیر کے ایک خُوب صُورت اور سرسبز جنگل میں پہنچے۔ شہزادی کو اب معلوم ہُوا کہ وہ ایک دُشمن کے ہاتھ میں ہے جو ضُرور اُس پر ظُلم کرے گا۔ اُس نے چاہا کہ کسی طرح سے اپنی جان اُس کے ہاتھ سے چھُڑائے۔

جُونہی وہ زمین پر اُترے، شہزادی نے چِلّا چِلّا کر رونا شرُوع کر دِیا۔ اُس کے رونے سے ایک ہنگامہ جنگل میں برپا ہُوا۔ اِس غُل کے سُنتے ہی سواروں کے ایک گروہ نے وہاں آکر دونوں کو گھیر لِیا۔ یہ سوار کشمیر کے بادشاہ کے مُلازم تھے شکار سے لوٹتے وقت اِدھر آ نکلے اور رونے کی آواز سُن کر وہاں دوڑے آئے۔

کشمیر کے بادشاہ نے ہندی سے پُوچھا: "تُو کون ہے اور یہ عورت جو تیرے ہمراہ ہے، کون ہے؟"

ہندی نے کہا۔ "یہ میری بیوی ہے۔ تُمھیں اِس بات سے کیا غرض"

شہزادی بولی: "یہ شخص جھوٹا ہے۔ اِس کا آپ ہرگز اعتبار نہ کریں۔ یہ ایک جادُوگر ہے جو مُجھے کل کے گھوڑے پر بٹھا کر ایران سے اُڑا کر دھوکے سے لے آیا ہے۔"

بادشاہ کو شہزادی کی بات کا اِعتبار آگیا۔ اُس نے سواروں کو حُکم دِیا کہ اِس ہندی کا سر قلم کر دو۔

شہزادی اُس ہندی سے نجات پا کر اب بادشاہ کشمیر کے بس میں پڑ گئی۔ محل میں پہنچ کر بادشاہ نے شہزادی سے کہا: "خواہ تم رضامند ہو یا نہ ہو۔ میں نے تُمھارے ساتھ شادی کرنے کا اِرادہ کر لیا ہے۔" یہ بات سُنتے ہی شہزادی بے ہوش ہو کر گر پڑی۔

جب اُسے ہوش آیا تو ایک ترکیب سُوجھی خُود کو دِیوانہ بنا کر، بادشاہ کو ہزارہا گالیاں دینے لگی۔ بادشاہ نے کئی طبیب شہزادی کے معالجے کے لیے بُلوائے۔ لیکن شہزادی کا یہ حال تھا کہ وہ کِسی کو پاس نہ پھٹکنے دیتی تھی۔ وہ جانتی تھی کہ اگر حکیموں نے نبض دیکھی تو سب راز فاش ہو

جائے گا۔ جب کوئی نزدیک پہنچنے کی کوشش کرتا تو جُھنجھلا کر اُس کے مارنے اور کاٹنے کا قصد کرتی۔ اِس خوف سے کوئی اُس کے پاس نہ جا سکتا تھا۔ بادشاہ نے دُور دُور کی سلطنتوں سے طبیب بُلوائے، مگر سب ناکام رہے۔

اب فیروز کا حال سُنیے۔ وہ شہزادی کی جُدائی میں بے قرار ہو کر فقیرانہ لباس پہنے، شہر بہ شہر اور مُلک بہ مُلک اُسے ڈُھونڈتا پھرتا تھا۔ اِتّفاق سے پھرتا پھرتا بادشاہ کشمیر کے محل میں پہنچ گیا۔ وہاں اُس نے لوگوں کی زبانی سُنا کہ ایک بنگالے کی شہزادی آئی ہُوئی ہے، جس کے ساتھ بادشاہ شادی کرنا چاہتا ہے۔ مگر وہ پاگل پن میں ایسی مُبتلا ہے کہ کسی طرح اچھّی نہیں ہوتی۔

فیروز سمجھ گیا کہ یہ شہزادی وُہی ہے جس کی تلاش میں مَیں نے شہر بہ شہر خاک چھانی ہے۔

حکیم کا بھیس بدل کر وہ محل میں پہنچا اور علاج کرنے کی ذمہ داری اُٹھائی۔ لیکن یہ شرط کر لی کہ علاج وہ کسی کے سامنے نہیں کرے گا۔

بادشاہ نے اس شرط کو قبول کیا اور حکیم کو شہزادی کے کمرے میں جانے کی اجازت بخشی۔ شہزادی نے اُسے حکیم سمجھ کر بُرا بھلا کہنا شروع کر دیا۔ لیکن فیروز نے نزدیک پہنچ کر آہستہ سے کہا: ”میں حکیم نہیں ہوں۔ ایران کا شہزادہ ہوں اور تمھاری رہائی کے لیے یہ بھیس بدل کر یہاں آیا ہوں۔“

شہزادی نے بھی فیروز کو پہچان لیا اور حیران ہو کر اُس کے وہاں تک پہنچنے کا حال پوچھا، اور اپنا حال بھی جو اُس پر گزرا تھا، بیان کیا۔ شہزادی نے کہا کہ بادشاہِ کشمیر اُس سے شادی کرنا چاہتا ہے۔ فیروز نے کہا: ”تسلّی رکھو۔ اُس کا ارادہ ہرگز پورا نہ ہونے دوں گا۔ تمھیں اس کے ظلم سے بچانے کی کوئی اچھی سی تدبیر نکالوں گا۔“

اب شہزادہ فیروز بادشاہ کے حضور میں پہنچا اور

عرض کیا: "جہاں پناہ، ایسا معلوم ہوتا ہے کہ شہزادی کسی جادو کے گھوڑے پر سوار ہو کر آپ کی سلطنت میں پہنچی ہے۔" بادشاہ نے کہا "ہاں یہ بات درست ہے اور گھوڑا اب بھی میرے خزانے میں موجود ہے۔ گھوڑا کیا ہے، ایک عجیب و غریب چیز ہے۔"

شہزادے نے کہا: "حضور، شہزادی پر جادو کا اثر ہو گیا ہے جو ایک خوشبودار سفوف کے جلانے سے، جو کہ میرے پاس ہے، دور ہو سکتا ہے۔ کل آپ گھوڑے کو کسی میدان میں منگوائیے اور شہزادی بھی وہاں پہنچے۔ میں وعدہ کرتا ہوں کہ چند ہی منٹوں میں شہزادی کو صحت ہو جائے گی۔"

یہ عجیب علاج دیکھنے کے لیے بہت سے لوگ جمع ہو گئے۔ شہزادی کو گھوڑے پر بٹھایا گیا۔ فیروز نے گھوڑے کے ارد گرد آگ کی بازہ انگیٹھیاں رکھوائیں اور اُن میں خوشبودار سفوف ڈال دیا۔ فوراً ہی انگیٹھیوں سے دھوئیں کا بادل اُٹھا، جس میں

گھوڑا اور شہزادی چاروں طرف سے چھُپ گئے۔ تب شہزادہ لپک کر شہزادی کے پیچھے بیٹھ گیا اور گھوڑے کی گردن کا پیچ گھُما دیا۔ پیچ گھُماتے ہی گھوڑا آسمان کی طرف اُڑنے لگا۔

اُسی روز شہزادہ فیروز شہزادی کو لے کر ایران میں اپنے باپ کے محل میں پہنچ گیا۔ بادشاہ اُسے دیکھ کر بہُت خوش ہُوا اور کچُھ دن بعد دونوں کی شادی دُھوم دھام سے رچائی گئی۔

شادی کے بعد بادشاہِ ایران نے ایک سفیر بنگالہ کے راجا کی خدمت میں روانہ کیا تاکہ اُسے اِس امر سے مُطّلع کرے اور یہ شادی دونوں مُلکوں کے درمیان ایک قسم کا صُلح نامہ سمجھا جائے۔ بنگالہ کا راجا یہ خبر سُن کر نہایت خوش ہُوا اور اِس طرح یہ دونوں مُلک دوستی کے بندھن میں بندھ گئے۔